遇見行過

半半人生有情詩

游淑惠——著

自序
遇見愛的世界——寫詩的理由

「為什麼寫詩？」

六年前開始寫詩，面對舊識、同事的疑惑，自己猶是懵懂、理不清頭緒。

就讀新聞系，畢業後在傳播界就職至今，寫報導是長期、進行中的工作，也會在報章雜誌上發表散文；對於詩，一直以來止步於喜歡閱讀。所以當時給出的答案，大概就是說明因緣：因為對於文字不陌生，有機會在社區大學受教於前輩詩人林盛彬、陳秀珍，在老師們鼓勵下，開始嘗試新的文體創作。

這樣的回答，連自己都覺隱晦不清。

直到第一本詩集《淡水相思》於去年（二〇二四年）出版，接獲更多同樣的詢問，熟識的友人還打趣：「詩人？妳是拿錯人生劇本嗎？」

因為在二〇二三年，自己剛出版第一部長篇小說《彎弓》電子書；意外地，生平第一部紙本出版品，竟然是現代詩集。

「為什麼寫詩？」，答案在這個時刻清晰起來。

因為詩，以平靜的力量，不經意、悄無聲息地，讓自己克服了許多暗黑悲傷。

如果說《淡水相思》療癒了自己，那麼此部《遇見　行過——半半人生有情詩》，就是日常、生活、呼吸，當中的自己一如展翼青鳥、飛舞蝴蝶，安上詩的翅膀，所有遇見都溫柔美麗，天地靜寂。

這是一本具故事性的情詩集，寫愛情、親情、世間有情無情眾生，寫作時間集中在二〇二二、二〇二三年、二〇二四上半年；內容概分有四輯：遇見愛情（十九首）、遇見自己（十九首）、遇見花日月星（十八首）、行過五百里（三十二首），共八十八首。

〈輯一・遇見愛情〉開宗明義第一首〈愛情〉，詩寫的是女孩心中既期待又怕受傷害的情愫。

女孩閉上雙眼
向造物者虔誠祈請

我喜歡的愛情
不需要玫瑰盛開滿園
請讓它停在破曉含苞
害怕可見的凋萎
想要帶著晨露的新鮮（節錄）

也以回應詩人陳秀珍詩作的〈我的愛〉，表達青春飛揚時期的愛情觀。

此輯前五首詩作，顯揚了愛情的熱烈蓬勃；相對地，愛情的多重宇宙與驟變，也在接著的詩作中展露無遺，如〈貝殼與寄居蟹〉：

肉體已經死亡
貝殼沉浮深海

被潮浪帶到陌生沙灘
寄居蟹一次次前來
請求成為她的腳
約定以愛
揹著她前行
一起走向未來

貝殼吁嘆——
親愛的，那不是愛情。

短暫寄居的情愛
宿命走向是捨棄
終於分離
再怎麼甜蜜
也只能是曾經

已經失去肉體
不能遺落靈魂

最後七首，詩寫愛情中的省悟與成長，透過〈高腳杯〉可窺見：旅途中看見／櫥窗裡一個高腳杯／水晶玻璃美麗晶瑩／我的搖頭被拒絕／有人為我買下它／說的是／不喝酒，就拿來裝蜜。

以高腳杯隱喻愛情的甜酸苦澀，詩的中段：問自己／不喝酒，就拿來裝眼淚？；最末是：告訴自己／不喝酒，就拿來裝詩篇！

〈輯二・遇見自己〉從有著淡淡悲傷的〈我的謊言〉切入，以明媚的〈我的四季〉收尾，當中〈甜點即興異想〉嘗試以甜點進行自描；〈女人50＋〉則是以童話故事中的女主角為喻，除了點出世人賦予女性刻板印象的不公，也蘊含現代女性的自覺。

不當美人魚
付出生命成全誰的愛情？
戀愛腦，病得無可救藥

不當仙杜瑞拉
仰仗神仙教母、南瓜老鼠來救贖
奇緣是風中抓不住的虛線
玻璃鞋，太容易被砸碎

不當睡美人
痴等王子降臨親吻
霸道總裁是罕見異類
就算在夢裡也難沾上邊（節錄）

另外，以〈喜歡臺北的理由〉一詩，記錄風華正盛的三十年都會行旅。

在臺北
我喜歡冬天
可能在休眠大屯火山
遇見雪

喜歡中山北路樟樹楓香
熾夏街頭
輕易沐風清涼

喜歡北投農禪寺裡靜靜跨年
喜歡捷運地下街跳舞的青少年

天際線現蹤群鳥
比較喜歡
臺灣藍鵲強悍護衛家園

相較山櫻高枝緋紅
比較喜歡
撲在春野的陽明杜鵑

喜歡去大稻埕
暢啖廟口肉粥、雞捲

重逢阿嬤拿手古早味
喜歡木柵鐵觀音濃郁
思想起
阿公烏潤淳厚的臉（節錄）

〈輯三・遇見花日月星〉是藉由天地萬物，抒描一己情懷，其中〈引渡者的自白〉意在透過引渡者，說出對生命意義及生死的觀察。

那些受我引渡的魂啊
比較能理解
渡舟上
不分性別無關年齡
有善有惡有愚痴有聰明
活著的人總指控我無情
其實人間每一次的誕生

已是開啟邁向死亡之途
一個引渡者只是希望
每一個魂都能去往光明（節錄）

此輯收錄了兩首有關母親的詩作〈媽媽的話〉、〈約定〉；〈秋詩模樣〉則以散文詩形式，真實反映有詩的日常。

在淡水找尋秋的模樣，意外邂逅詩，
她們瞧見我，便牽著手跟我捉迷藏。

才不怕找不到，我在河口坐下來，
秋調皮、詩愛鬧，行蹤被夕陽出賣，
被哄著來到，與我交朋友，從此不再孤單。

〈輯四・行過五百里〉含括〈離開與抵達〉及〈五百里〉，前者由三十一首短詩合組，透過詩，思想生命中一段段行旅，曾經的、當下的許多遇見，或浮光掠影、或感動剎那，以及行過後的反思沉澱，寄語放捨歲月中所有美麗、悲傷。

〈五百里〉的心情，可以是抵達、也可以是告別，意寓在從心所欲，去到所有想去的地方之際，領悟世情，好的不喜歡、壞的不討厭。

三百里……
四百里……
到處都有同樣的
星星月亮太陽
窗外都是捉摸不住
飛也似的
年華風景

你　我
相距也許已千里

我在的五百里
濃樹抓住仲夏薰風搖曳

凌霄百靈歌唱雲頂
沒有玫瑰盛放滿園
山林盡是相思花開
耀眼遍野金黃詩章

你的五百里呢？（節錄）

現代詩創作，於人生中年最低潮時接觸，卻最能從中細細探索、直面真實的自己。

藉此端，特地致敬詩人前輩李魁賢老師，因為有他提攜引薦，才有出版契機；二〇二四年底將詩集初稿寄予李老師指導，他說這本詩集是——「遇見愛的世界」。若說《淡水相思》為自己爬梳出寫詩的理由，《遇見　行過——半半人生有情詩》則讓自己感受不可思議的世界、意外的人生，李老師所言的確不虛。

僅以輯二中收錄的〈泥〉，表達自己。

手中還有泥

再捏不出一個你
也捏不出自己

曾經的我們
面目已模糊
不再清晰

也許捏一隻白鷺鷥
我瑟縮打傘在堤岸
見牠單腳
站立泥灘
風雨中
毫不畏懼

想捏出
我的嚮往
獨立天地

靜寂美麗

感恩一路陪伴寫詩的秀珍老師及同學們，我想自己沒有拿錯劇本，因為有詩，一切安好，自有安排。

——二〇二五年四月三十日

目次

輯二・遇見自己

輯三・遇見花日月星

輯四・行過五百里

輯一

遇見愛情

愛情

女孩閉上雙眼
向造物者虔誠祈請

我喜歡的愛情
不需要玫瑰盛開滿園
請讓它停在破曉含苞
害怕可見的凋萎
想要帶著晨露的新鮮

我喜歡的愛情
不要是火熱夏豔

不要是秋虎張揚
楊柳綠在煦煦春陽
冬陽會暖融霜雪

我喜歡的愛情
不要像貓兒躡足
挑戰聽覺
毫無覺悉錯過可能的遇見
最好像蟬鳴
哪怕只得短暫一季

我喜歡的愛情
不要像貓頭鷹
只在夜裡閃爍眼睛
請讓它保有
狗兒的忠誠
耕牛的辛勤

我喜歡的愛情
不要像月亮
雖然溫柔卻時缺時盈
請給我北極星
永恆導引前行

聽見造物者叮嚀
女孩張開眼睛

有關愛情
妳必已聽聞
似煙花
燦爛一瞬美麗
難以冀求光輝永遠

像醇酒
對酌甜蜜醉人
獨醒卻宿醉擾人

更願意賜予妳
接受傷痛的勇氣
懷抱寬容的善良胸襟
願妳無所畏懼
歡飲愛情風雨

我的愛——回應詩人陳秀珍〈如果愛〉

我的愛
如果有形狀
一定是難以言喻的奇妙
因為是如水一般的存在
就讓它流進你的眼睛
時刻映照我的眉眼彎彎

我的愛
如果有歌詞
肯定讓聽眾瘋狂喝采
因為是天籟般的存在

像春池蛙叫夏土蟲鳴
秋晚夜鶯喚著我的名
冬日花園猶有玫瑰甜蜜開唱

我的愛
如果沒有裝門鈴
也不妨礙你來拜訪
哪怕信封裡只裝一個字
妥貼真心郵票
郵差就會準確投遞到信箱
如果此刻你已經站在門外
大可以托風叫喚
我一定大方開門
迎接你來到

我的愛
如果沒有翅膀

並不妨礙與你同行遠方
可以用腳感動幾座山
一路走到地老天荒

我的愛
如果隔著一片海
就請你變成一條魚
帶著以上我的告白
努力朝我奔來！

我和海都拒絕哭泣
明明也聽見
和千萬朵浪花奮戰
來自你
心動的呼喊

我的愛
如果會被月亮銀刃割傷
血淚會流進我的心
哪怕什麼都看不清
裸腳踩上硬石荊棘
還是要往前行

勇氣會滌清雨後眼睛
天空閃亮無數星星
愛在銀河蔓延
把宇宙譜成詩章

註：
〈如果愛〉／陳秀珍
如果愛／有形狀／那必定／是你的眼睛
如果愛／有歌詞／那必定／是我的小名
如果愛／沒有裝門鈴／就把信封投進紅色郵筒／寄出一個字

如果愛／沒有翅膀／那就用腳／感動幾座山
如果愛／隔著一片海／那就變成一條魚／和千萬朵浪花奮戰
如果愛／會被月亮銀刀割傷／那就蔓延／成為一片草原

一見鍾情

含露蓓蕾
晨曦中靜悄悄
緩緩舒展花瓣片片
春陽照見
羞答答一朵玫瑰

絲柳翻飛
蝴蝶望穿夏豔池塘
不遲疑
飛到蓮的心上
一眼萬年

晨霜吻醒紅葉
風中枝頭
悸動相視
放閃共舞
哪怕短短一個秋

山巔遇見雪落
萬籟俱寂無須言語
當下白首便是永恆
祈求到老終屬多餘

下錨

港口是舟船最終歸宿
枕靠港灣臂膀
船身縱是隨波擺盪
下錨的心不曾搖晃

愛情的多重宇宙

之一・狐狸與白兔

叨著愛情
趨近白兔身邊
狐狸獻上紅玫瑰

眼神短暫迷離
白兔看見花瓣後
微笑狐狸唇齒間
一抹詭詐邪惡若隱若現

之二・黃鼠狼與夜鶯

憑藉月光
黃鼠狼踩著貓步靠近
無邪凝視樹上夜鶯
專情聆聽啼唱

夜鶯歇下歌喉
冷眼看穿欲意狩獵
黃鼠狼的溫柔偽裝

之三・有的魚

有的魚
不想
追隨前輩投身石滬
覓食漁夫備好的佳餚

潮退後受困滬內魚巢
丟失自我方向

這些魚
嚮往蔚藍
徜徉海洋
有自由的地方
才是天堂

之四・花豹與小鹿

玫瑰花斑點周身閃耀
優雅花豹與餘暉
向晚風中一處斑斕
輕鬆就將愛意呢喃不休

小鹿怎能相信？
分明記得烈午時分
花豹大開殺戮的紅眼追逐
那溫柔說愛的口中
血痕依舊斑斑

貝殼與寄居蟹

肉體已經死亡
貝殼沉浮深海
被潮浪帶到陌生沙灘

寄居蟹一次次前來
請求成為她的腳
約定以愛
揹著她前行
一起走向未來

貝殼吁嘆——
親愛的，那不是愛情。

短暫寄居的情愛
宿命走向是捨棄
終於分離
再怎麼甜蜜
也只能是曾經

已經失去肉體
不能遺落靈魂

親愛的

你還是叫我「親愛的」

聽起來
有一點真心
有一點敷衍

我知道
你在說謊
不知道
是因為你騙過了自己
還是以為能騙過別人？

我還是叫你「親愛的」
你呢？
以為如何？
我就悲傷地承認吧！
……這從來不是謊言

四個空杯五個女人

四方桌
四個白瓷杯
四個女人
四杯咖啡

美式
拿鐵
卡布奇諾
義式濃縮

四個女人喝著咖啡……

義式咖啡告罄
一個女人說：
「外遇，不堪容忍」
背叛信任
拋棄愛情
讓女人為難女人！

喝乾了三杯
三個人回答
三張嘴肯定——
外遇，不堪容忍

方方的
一張桌子
四個空杯
五個女人

複雜與荒唐

我想沉睡
可是夜風呼嘯
天空靜悄
星星不停喧鬧

以為自己等待黎明

太陽透窗侵進
點亮一室光明
卻抬手驚慌遮擋
原來我拒絕

睜開眼睛

翻翻滾滾複雜思緒
不休輾轉

不願回到過去
不能再委屈自己
成就別人的夢想
只是很難忘記
攜手看遍的青春花鬧

十字路口
同行？不同行？
不知道正確方向
心徬徨
害怕錯過
可能的再次花開

曾經的
愛情的美好
是讓人一飲沉醉的佳釀
捨不得醒來

知道走得跌撞
不體面不瀟灑
可是無法將過去
當作夢一場
溺沉在不見底的遺憾

聽起來荒唐
但是真心這麼想
餘生多悲傷
只有死亡
才能將一切埋葬

假裝沉睡

我能聽見
周圍人群來往絮語
還有
花開
黃鶯啼囀
鯨魚嘯叫
老時鐘懶懶地滴答

也能聽懂
風時疾時徐
歡喜或輕語的聲調

雨變換著高低音頻
激昂警示或無奈嘆息

那電閃雷鳴
總讓我掩耳不及
似身畔的你
那句隱晦低語——
「分手吧！」

這是怎樣的言語？
瞬間
凍結紅熱血液
燎燒心田成廢墟

我閉眼
假裝沉睡

無聲滑落的淚滴
枕上留下斑斑
聽懂的證據

氣象報告

我在淡水河畔
傳訊「這裡天候陰霾」
收到即時氣象報告截圖
兩行文字——
「別說謊」
「明明陽光燦爛」
回貼降雨貼圖符號

收到冷笑表情包＋文字——
「說謊的人，
只是騙過自己，
不能騙過別人！」

可是
我沒有說謊的必須
烏雲籠罩眼睛
心磅礴下著大雨

只是你選擇
視若無睹
聽而不聞

分離

左腳鋳著悲憤
右腳鐐住徬徨
舉步硄硄噹噹
心碎裂的聲響

環環煉鋼是你
以決絕、無情、輕蔑鍛燒
堅硬讓我劈斬不斷
拽拉我步履蹣跚
烈日下烙燙似火
冬雪中冷凍成冰

短短鐐條
撕扯
一道道
血色長長
眷戀哀傷

雨季請歇

雨珠嘲笑淚珠
躲在眼底不敢降下
不如自己隨性恣意
或滴滴答答
或淅瀝嘩啦

淚珠回答
我從幽黯而來
透過女孩的靈魂之窗
見她總抬高下巴
努力不讓我墜下

害怕自己的重量
壓毀她的心房
更害怕我若潰堤
龐大憂鬱將傾流
掩埋她的希望
再也無力
看向遠方

羨妳從寬闊天空而來
樹葉為妳吟唱
大地擁妳入懷
歸路是廣大海洋

我的存在
盡是迷惘

雨珠提問
妳的歸處在何方？
能如何幫忙？

淚珠祈請
妳若讓路太陽
絲縷日光能照亮黑暗
讓寸寸暖意導引我
在虛空蒸散

向往天堂
是屬於我的最好安排

願　雨歇
願　女孩的抬眸
是為迎向陽光

密語

不要再對著天空喊
一、二、三，木頭人

不管如何聲嘶力竭
風，不會定住
雲，不會停步
飛翔的鳥，還是振拍雙翅

芝麻開門
是更好的通關密語

打開心門
讓自己成為
清風徐徐
自在白雲
雁鳥翱翔天際

大掃除

翻箱倒櫃
黃漬斑斑的歲月
掉了出來

一封
「親愛的」開頭
署名「永恆愛妳的人」
年少時的情書

其實不記得
自己曾經的偷偷藏起

必是因為羞澀
我和他出了校園
離開故鄉就各奔東西

展讀
青春字跡烙刻勇氣
撲鼻
陳舊也稚嫩初心氣息

莞爾讀來
悸動一如當初清晰
原來曾經有人說過
——永恆愛妳

只是
大掃除
比較適合斷捨離

雪的歸宿——致敬日本詩人金子美鈴女士

落在地上的雪
只餘呻吟
任憑踩踏
印刻深淺各樣痕跡

落在枝頭的雪
暗自竊喜
巧飾雕琢殘葉枯枝
忘卻純白形象
只是騙過自己的虛假偽裝

落在湖面的雪
無從選擇不知悲欣
幻化成冰
是否迷失自我？
投沉水底
轉瞬失去自己

落在山頂的雪
雀躍歡喜
以為找到永恆白首
不知幻滅只在咫尺
灼日很近

如果可以
我想當
落在詩人眼底的雪
冰涼她的淚

幸福的定義

收到遠方
輾轉而來的祝福
說的是「願妳幸福」

啊，多麼溫柔的願！

點頭笑納
喜悅回覆
——請勿掛念

流乾眼淚的分離後
漸漸能看清
無關狀態
　距離
　歲月
幸福於我
是一種心態

能思念
能回味
能讓美好永住心裡面
能在聽到你的願
落下久違的淚
能給你安心的允諾
我，一定會幸福

最好安排

再見你
不會以眼淚招呼
漫長離別裡
已流下太多

再見你
不想以沉默招呼
漫長離別裡
無語凍結太多時光

再見你
如果你 Say Hi
那麼可以感受我春風般的笑
如果你也看著我
那麼可以在眼底找到閃耀星芒

再見你
如果你無視走過
那麼我明白
所有發生的
都是最好安排

高腳杯

旅途中看見
櫥窗裡一個高腳杯
水晶玻璃美麗晶瑩
我的搖頭被拒絕
有人為我買下它
說的是

不喝酒，就拿來裝蜜。

許久許久之後才知道
蜜在杯中未密封

吸收越來越多水氣
甜蜜濃度日漸變稀
酵母積累越重越厚
蜜甜卻釀出澀酒
問自己

不喝酒，就拿來裝淚滴？

很久很久以後才知道
淚水的來源是鮮血
流盡心頭最後一滴血
蓄滿一杯紅豔豔的傷悲
告訴自己

不喝酒，就拿來裝詩篇！

輯二
遇見自己

我的謊言

有的時候
我會說謊

我的謊一點都不簡單
需要很多配套
平和眼波
輕淡呼吸
神色寧靜
還有一抹微微地笑

我的謊無關利益詐欺
並非為了帶給誰傷害
結構清晰不複雜
大概就是
回覆給關心我的人：
沒事了、我很好、一切都過去了
說給自己聽：
沒事的、別害怕、一切都會變好

其實我
不擅長也不知道
這樣的謊能否騙過別人
同時深深知曉
謊言能騙過的
往往只有自己

我以為
只要相信自己能做到
縱是謊言
也帶著一絲微光
陪伴難眠的夜晚
是消毒傷心的藥方
阻止發炎惡化
等待慢慢結痂

微光隱約遙遙遠方
雖然觸摸不到
能為蛹中蝴蝶帶來希望
破繭
突破縛綁
撲翅
穿越心房

朝著前光
無懼幽暗

穿越與找尋

旅途中
走進冬日森林
參天憂鬱遮蔽日月
貓頭鷹也無法視見

風似是傷悲
不作聲息只是凝噎
無言蟲獸屏氣跟隨

心也匍匐
不知如何穿越

無盡黯黑

一顆星星墜落
以生命劃開幽林隙縫
微光耀入眼簾
星芒低語向我
不熄叮嚀

孩子啊
生命深流在遠處涓涓
快起身
別怕黑
只管往前

躡著步履
直到聽見
晨葉露珠叮噹的心跳

才安下胸口砰然鼓擊
五色鳥不停叩敲
託付知了遍遍朗聲
——已完成告別
走出黯黑森林
自此不要再流淚

回眸
已是漸豔
破曉的前方
微光　微風　微塵
微醺的苔
碧綠邀我
舞蹈前行
找尋深流

秋聲翩翩
以紅葉長空相陪
引我颯爽往前

靜謐白雪
紛紛追隨
也想一睹深流容顏

走來春曉
花草挺腰抖落露水
牽牛花仰天奏吹喇叭
震響一個夏

走過一個又一個四季
從來不放棄
日日夜夜推敲
深流心中的生命詩句

風中詩歌

因為路途上
總是遙看遠方高峰
忽遠忽近的忐忑
錯過一次次轉彎路口
觸目可及的綠野平疇

因為路途上
總是眺望前方汪洋
滔滔失落聽不完
無視路過

一潭潭靜謐湖泊
輕潺河流也被遺落
遠山本是虛實縹緲
肆意波濤潮流洶湧
能有什麼錯？

是自願
快樂別人的快樂
憂愁別人的憂愁
忘記思考自我

無須尋找藉口
開脫曾經的選擇
只需真實面對
倒映車窗上
黯然失神的臉孔

承認接受
那就是我

保留最後的體面
拉鈴下車
化作一道風
天地間任意吹送
自己的悲喜詩歌

告別式

典禮必須公開
方顯重要
儀程必須透明
才見刻骨
六線大道街邊
人行道候車亭內
放聲大哭
宣示告別式的啟禮

喪主是自己

告別的是——
拒絕任人隨意對待
對峙惡勢力
挑戰惡法
——接連敗陣的自己

街邊哭泣
並非為了讓人觀禮
不想收割同情淚滴
是因為痛到不能自己

無謂聽聞
人群夾議莫名
或者腹誹多餘
這場告別
僅為追思曾經的努力

必須喝采自己許過豪語：
你且在林路植以荊棘
我不怯步以鮮血澆灌
就讓玫瑰開在荊棘裡

也會遺憾
玫瑰沒有給予花信
只有荊棘留下豔紅斑斑
見證曾經不屈

嚎下的淚
歸埋塵土
告別終禮
不存悲涼之意

祝禱自己
以勇氣再去相信

女人50＋

不當美人魚
付出生命成全誰的愛情？
戀愛腦，病得無可救藥

不當仙杜瑞拉
仰仗神仙教母、南瓜老鼠來救贖
奇緣是風中抓不住的虛線
玻璃鞋，太容易被砸碎

不當睡美人
痴等王子降臨親吻
霸道總裁是罕見異類
就算在夢裡也難沾上邊

不當小紅帽
已經知道現實人間
跟自己想的不一樣

分享快樂悲傷
變成嫉妒弱點
分享物質信任
養成貪婪背叛
還在學習成長
如何不被世界傷害

不當蒙娜麗莎
對著每一個人微笑
隱藏真心實感

繼續戴著面具過活
害怕自己
終究會抓狂

歲月

管它
靜好還是喧鬧
都要無差別看待

一寸一寸
拿來疊在一起
墊在腳下

讓自己
站得更高一點
看得更遠一點

世界
應該也能變大一些

旅行

不管
長程還是短程
慎重每一個步伐
用心記憶每一道風景

即使有機會重來
寫下的詩
也不是當時風光

天空雲朵
長的不一樣

風也是
吟唱著不同樂章
還有自己
青絲定然已夾雜灰白

甜點即興異想

01

不要叫我甜甜圈
知道自己缺心眼
我愛笑
不代表就是傻白甜

02

可以喚我黑森林
知道自己皮膚黑

自小與太陽為伍
無法拒絕熱情邀約

03

馬卡龍與磅蛋糕之間
不想做無謂選擇
時尚與經典各來一碟
雙子本是性格多元

04

沒有麵粉的蛋糕
讓人無法忽視的特別
慕斯可以獨立存在
能百搭酸甜苦鹹各式滋味

傾心當然有理由
也想似它魅力無邊

05

聽人說舒芙蕾像愛情
賞味期超短
無法保存
快速消場

那還等什麼？
趁著剛上桌
還如雲朵蓬蓬鬆鬆
讓舌尖即時感受
稍縱即逝的甜蜜夢幻

06

初次體驗提拉米蘇
「拉我往上、請帶我走、請記住我」
別人說的幸福情愛意喻
失戀的我無法共情體會

祈請句
聽來多卑微
每一口都只嚐出傷悲

07

外表簡單戚風蛋糕
內心如柔軟海綿
鍾愛它無冠冕理由
常溫保存容易取得

無須刀叉盤
丟掉儀式感
邊走邊撕邊吃
隨時隨處撫慰味蕾

08

包裹焦糖萊姆酒香
天使之鈴在舌尖敲響
濃醇幸福
卻聽不到

天使之鈴
耳朵聽不到
　聽不到卻在那裡
有些聲音聽不到

包粽

兩片粽葉攤開
捏著頭尾在中段交疊
固定於掌心虎口間

媽媽一個口令
手把手一個動作
讓十七歲的我跟隨

泡好的米填入近一半
夾一朵香菇
放一塊五花肉

舀起蘿蔔乾炒開陽
　花生幾顆
再取米覆滿
葉片反折蓋好
密實包裹無隙縫
取過麻繩繞圈圈
一、二、第三圈交叉打結

碩大粽葉
包不住我的貪念
過多餡料左捏右塞
難成形不服綑縛
在手心爆炸

媽媽哎哎失笑
別給自己找麻煩
訣竅只在不多不少剛剛好

好難啊，我訕笑
怎樣是多？
如何算少？
媽媽覺得太多
我覺得好少
不如讓我管吃就好！

灶上炊煙奔騰歡笑
香香濃濃化不開
裊裊直上雲霄

長大離鄉才知道
粽子包縛難言喻
愛的味道
讓遊子們不倦追循

哪怕路途再遙
也要趕回家的懷抱

媽媽離世後
再無機會讓她看到
女兒已能掌握
生活間不多不少的下料
時鬆時緊拉縛日常線繩
讓日子成形
一切不好不壞

看見粽子
不由想起媽媽的笑

總要靜默半晌

有關記憶的……

之一．測量與重量

妳看著我
眼神只剩陌生
因為記憶裡
找不到我的蹤跡

請不要害怕
媽媽用笑容記錄我最好時光
已經把我好好養大

曾經同行的每一步
都清晰印記在心上

記憶存滅的測量砝碼
從來不是哪一端已經遺忘
是我真實擁有妳的愛
那是最貴重的存在
無法測出重量

之二・成分改變

如果記憶執意轉身離開
媽媽就瀟灑地
把傷痛毫不保留還給它吧！

讓我伴著妳
晴天也好雨天無妨

那些美麗的點滴過往
由我來保存
用來澆灌生命之花
讓我們手牽手
一路嗅聞芬芳

之三．真相

妳忘記我，又怎樣？
我總會記得妳的模樣。

黑夜裡的光——紀念母親逝世五週年

似螢火蟲提燈
微光照亮
小鹿夜奔的路

似路燈佇立暗夜
靜悄悄輝煌
一道道歸途

似光蘚與螢光傘菌
幽黯森林
打造奇幻天堂

似金山漁船蹦著磺火
如墨海天
霎時煙花奪目

似高掛夜幕的星星
那眨眼
那閃耀
牽動我怦怦心跳

天堂的媽媽
是我黑夜裡的光

去找你

「不管在哪裡，我都會去找妳。」
十五歲的兒子
對失婚的母親如此說

是寫在冬天的詩句
暖陽一抹
白雪飛舞
溫柔潔淨

「不管在哪裡，我都會去找你。」
五十六歲的母親

對開啟外島軍旅的兒子說

是寫在花開的詩句
如玉蘭
如茉莉
如秋桂
如寒梅
芬芳自帶羽翼
漂洋過海也要乘風而去
縈繞你

致兒子

幾年後
你或許會看見
屋子裡團團轉
一如老鼠四處嗅聞
找尋物件的媽媽
希望你不要化身貓
一瞬不動地盯梢
那會讓老鼠更緊張

可不可以當一回狗
用上靈敏的鼻
陪伴我一起尋找

請不要抱怨我起得比雞早
在廚房裡乒乒乓乓

還能張開羽翼之際
我想當早起鳥
不是為了有蟲吃
是珍惜自己還能飛翔

一起出門莫要催促嘟囔
—快一點
不該是年長者必配標章
——慢慢來
也不只是屬於乖寶寶

在榮登「銀髮族」行列之前
我更喜歡別上「媽媽」勳章
獨享兒子崇拜目光

見到我又對著3C產品發呆
請不要因此苦惱
哪怕你已解說三遍以上
知道自己跟它緣淺
不要求與它相親相愛
止於寒暄問好也不賴

媽媽的日常美滿
有書本音樂繪畫為伴
如果我又躺在沙發給電視看
你別只是立在一旁——
搖頭、嘆息、翻白眼

我夢中的兒子啊
仰頭迎向日光
唇似彎弓上揚
眼是晶瑩深潭

請拿來軟被為媽媽蓋上
讓我也能擁抱溫暖

光陰飛逝越來越快
我不害怕越來越老
因為能換你越長越大
有你的記憶越香越濃

思想起你
我就不孤單

太平洋的風

歡聲呼呼

來自太平洋
藍色的風不 blue

搖滾了
島嶼中央山脈以東
海灣平原縱谷
潮浪不倦複聲回應
甦醒蓮色漸酡夏豔

舞動沙城
熱情呼喚旭日
領航追逐丁香頌唱漁歌
吹響號角祈謝豐年恩典

迴南奔騰
忘憂金針六十石山吶喊
喜悅朱鸝啼動山嵐
1314號的藍耀閃海角

太平洋的風
不酒也微醺
踏著浪
颯颯自海上來
彎彎月牙下
吻上我
彎彎的唇與眼

過日子的方法

晨起的咖啡來兩匙糖

餐後
必選糖霜肉桂捲
餵飽另一個專屬甜點的胃
午茶桌上
擺出黑森林蛋糕佐青蛙撞奶

療癒味蕾
稀釋
酸

澀
多苦
總辣
過鹹

喜歡日子裡有一點甜
中和生活萬般
難說滋味

喜歡臺北的理由

在臺北
我喜歡冬天
可能在休眠大屯火山
遇見雪

喜歡中山北路樟樹楓香
熾夏街頭
輕易沐風清涼

喜歡北投農禪寺裡靜靜跨年
喜歡捷運地下街跳舞的青少年

天際線現蹤群鳥
比較喜歡
臺灣藍鵲強悍護衛家園

相較山櫻高枝緋紅
比較喜歡
撲在春野的陽明杜鵑

喜歡去大稻埕
暢啖廟口肉粥、雞捲
重逢阿嬤拿手古早味
喜歡木柵鐵觀音濃郁
思想起
阿公烏潤淳厚的臉

喜歡一個人流連

白日呼吸
綠圖書館書香繾綣
午後沉醉
雙城紅樓無雙歲月
星夜
想撈起大湖公園的月

喜歡臺北笑說滄桑
熱情智慧的溫暖容顏
喜歡臺北小快板往前
人群以小步舞曲
歡欣跟隨

喜歡臺北
記錄我
青春鼓翼
逆風高飛

傘下

打傘
走入城街
迎接雨的敲打

落雨變幻莫測
從最緩板滴　滴　答　答
轉抒情慢板淅淅瀝瀝
忽而開心奏鳴嘩啦！嘩啦！
行板、快板、急板
流暢無礙轉換節奏

走得很慢
正適合靜心聆聽
雨落的樂章

人群來來往往
或獨行或成雙
輕易將我拋在後方

偶而會感覺
一點點孤單

還是喜歡
一個人的傘下
一個人的慢走
踏著自己節拍
看見更多勇敢

泥

手中還有泥
再捏不出一個你
也捏不出自己

曾經的我們
面目已模糊
不再清晰

也許捏一隻白鷺鷥
我瑟縮打傘在堤岸
見牠單腳

站立泥灘
風雨中
毫不畏懼

想捏出
我的嚮往
獨立天地
靜寂美麗

我的四季

粉紅花雨
才沾溼眉睫
濃綠霎時亂入眼簾
春，快閃
讓人來不及眨眼

夏蟬高調諂媚驕陽
噪鬧林野成菜市場
螢火蟲靜悄提燈
讓夜歸小鹿不迷路

款擺風中，楓
從曖昧青嫩到熱戀火紅
收穫仰望眾目到聽盡傷秋
冬雨前最後一次顫抖
墜落一地蕭索

冬風咧著大嘴
呼呼嘯嘯挽留
雁群沒空理會
昂首向南拒絕回頭

我看四季
變著模樣輪迴歲月
日子瑣碎
莞爾滋味

輯三
遇見花日月星

黯黑走廊——記二〇二三年十月以巴衝突

微光也照不進
走廊黯黑
橄欖枝失去原來色彩

誰都沒有權力掠奪
和平音樂祭的搖滾歡笑
誰都不該以槍枝威嚇
禁止子民嗅聞腳下泥土芬芳

復仇主義者拒絕
面對種族主義的殤

傲慢地不相信和平
不知不覺長成敵人模樣

遺憾這個世界
有人更相信戰爭
高舉「需要一個祖國」旗幟
在戰火中熾烈飄揚

橄欖枝被點燃
迷途白鴿藉著燃燒餘光
可能飛出黯黑走廊？

引渡者的自白

活著的人
總指控我無情
不，那些受我引渡的魂啊
只是需要開始下一段旅程

有些魂在路途中哭泣
問，將往何處去？

我搖頭，以沉默回應
因為方向不是由我決定
引渡者的任務只是陪行

業力的風將帶領
最後一里航程

去向黯黑的魂
愁苦不安看我
我會給予淡淡笑容的安慰

去向光明的魂
神情愉悅向我
我會給予淡淡笑容的歡喜

那些受我引渡的魂啊
比較能理解
渡舟上
不分性別無關年齡
有善有惡有愚痴有聰明

活著的人總指控我無情
其實人間每一次的誕生
已是開啟邁向死亡之途

一個引渡者只是希望
每一個魂都能去往光明

祈願

如果可以
我想
海洋會婉謝酸雨降臨
因為珊瑚已經生病
在海底嗚咽不息
潮浪怎能獨自歡愉？

如果可以
我想
高山會皺眉流下淚滴
土石莫名在臉頰橫溢

山谷鶯囀被挖土機砒砒代替
她有多想念本來的自己？

如果可以
我想
湖泊會拒絕溪流到訪
因為水草子民憮憮糾結
魚群兒女衝向水面不安喘息
湖泊多麼害怕重金屬伴手禮
層疊無情往心、臉上堆積
孩子們終將不再記憶
明鏡容顏的母親

如果可以
植物會想遠離泥土的供養
無奈扎根在缺氧泥淖裡
無盡的沉淪是生存的宿命

如何引導花葉向陽
開出喜悅果實？

如果可以
想籲請
有情大眾減少碳足跡
讓地球找回正常呼吸

打開心內門窗

初到漁港
只看見遠方餘暉段段
想剪下敷貼臉龐
或能妝飾惆悵？

踏行
聽聞船歌不息

碼頭有粼粼波光
葉動　舟搖

堤岸上海風徐徐
雲闊　天高

似呼喚
只要打開心內門窗
黑夜仍會閃耀星光

晨露與早鳥

晨露羨慕早鳥
泣嘆生命苦短
沒有羽翼飛翔

早鳥歌詠
灼灼草露
與朝陽齊聲
呼喚大地蓬勃
荷露與葉相依
夏曦中
碧色相擁多清新

飛翔，何須羽翼？
看那白露閃在晨光
跟隨颯風
揚向遠方

等待日光

抱著漆黑思念
一夜輾轉
時睡時醒的難眠
直到今晨
太陽溜進窗 Say Hi
才敞開胸懷

我知道
哀傷還沒完全解凍
所以期待太陽造訪
醒在溫暖日光

我能等待
哀傷漸融越來越薄
思念應該也會被拋光
變淺
變白
變成呼吸般
自然的存在

牽牛花

仰天吹響喇叭
喚醒蜜蜂、蝴蝶
以晨光曲迎接朝陽

竹籬笆上優雅攀旋
大方妘染廣袤綠野
朵朵紫妍
風中清新款擺
驚豔一季夏天

Morning glory 燁燁神采
烈日下昂首開綻
榮光流轉只得半晌
轉瞬殞逝了光芒

牽牛花啊牽牛花
開場到謝幕
似青春一樣苦短
不屈地向陽燦爛
也像青春的頑強

註：
morning glory，牽牛花的英文名，意為早晨的榮光。

蓮

之一・驚蟄

滾滾春雷
驚蟄花田蓮子
春雨中甦醒、萌芽、破土

春日初相遇
愛苗心田滋長
伸出芽莖向陽告白

迎風款擺
一日一日增長
夏初結出花苞
盛夏中綻放
燦爛於綠野舞台
耀眼宣告愛情登場

之二・匆匆

謝了夏豔
花開只得短暫一季
開落匆匆的愛情
獨留斷折、頹倒、枯朽蓮篷
蓮子迸出收藏苦芯
埋葬花田水中
靜靜等候下一次春雷

桐花

之一・心動

風吹五月雪
情竇朵朵開曖昧
心動不捨得眨眼

之二・白首

讓林野白首
桐花雪落的許願
定格永恆在五月

之三・快閃

晚春落白雪
夏陽初醒就告別
曖昧快閃不負誰

關於我們

以為能握住月光
掌心緊攥著黑暗
想要勇敢仰望太陽
眼睛卻怯懦淚汪

或許可以留下星星？
黎明到來時
注定將我拋閃

關於我們
說的都是悲傷

星星答客問

將眼眨個不停的星星
可會說話？

獨行黑夜的人
最適合回答
愛笑星星指引他的方向

掛在高空的星星
會不會孤單？

暗夜哭泣的人能回答
溫柔感受星光
無私地璀璨分享

分離兩端的星星
可期待相見的一天？

熱烈愛過的人知道答案
遙遙祝福
是最好距離
見與不見
總在那裡
念或不念
放在心底

嘆息的星星

你是夜空中最亮的星
卻在嘆息

可是知道？
失去仰望追尋的
我的眼睛
便再找不到
那相視一笑的燦爛深情

媽媽的話

跌倒在苦楝樹下

媽媽對孩子說
要哭、要笑，選一個

親愛的，抬頭看啊！

苦楝在春天落下紛紛紫雪
白頭翁築巢在夏葉翻飛
叫醒蟬兒共鳴歡唱

秋實苦楝子是子彈
從孩童彈弓射向希望遠方
冬日裡靜默獨立
雙手伸向天際
擁抱北風毫無懼意

一季只做一件事
是大自然教苦楝的道理
該哭的時候哭
該笑的時候笑
是苦楝教我們的道理

媽媽說
哭夠了就拋下
雖然能陪伴哭泣
更想看到笑著的孩子

秋詩模樣

松尾芭蕉說石山的秋風，更白。
泰戈爾的秋葉，只嘆息一聲。
梭羅的秋天落日，光照溫煦熠熠。

在淡水找尋秋的模樣，意外邂逅詩，
她們瞧見我，便牽著手跟我捉迷藏。

才不怕找不到，我在河口坐下來，
秋調皮、詩愛鬧，行蹤被夕陽出賣，
被哄著來到，與我交朋友，從此不再孤單。

曾經

是誰說
到處都是同樣的
星星月亮太陽？

曾經
青青草原上
你在的地方

我見到
星星降落在你眼底深潭
月牙勾著魅笑

誘惑夜鶯歌唱
喚醒玫瑰
投入太陽熱情懷抱

放閃

你帶著月色玫瑰而來
對我說——
夜鶯的情話
從來不在白日傳唱

我更喜歡
向日葵放閃
當眾對太陽告白
無一絲隱晦曖昧

夢想

我夢想住在
舞蹈不停的國度

太陽總早起
河口跳舞整個白天
直到月亮慵懶接棒
喚來星星
攜手舞動銀波上

約定——紀念母親逝世六週年

誰在九月，翩翩而來？

抬頭看見
千萬種色彩
歡鬧掉落下來

粉刷山、河、海
暈染草原、樹林、峽谷
小鹿的眼睛
螢火蟲的提燈
森林裡的蕈菇

一一晶亮起來

是天使！
如約飛來
帶著漫天飛舞色彩
讓我相信有一種情感
比歲月堅強

何其幸運
曾經擁有妳的愛
我也愛妳，媽媽
不會更改

輯四

行過五百里

離開與抵達

01

日光中啟程
夜黑的終點
來到陌生車站

想去的地方
沒有路過
未能抵達

不是買錯車票
只是一開始
就上錯車班

02

飛越一個個白天
駐停一個個陌生車站

夜空似墨
月亮避而不見
北極星躲在烏雲後面
燕子失去指路座標

這裡沒有車
直達我想去的地方
不知要轉乘多少車班

心很累
有些慌
想放棄

燕子還是靜靜
棲在樑上
等待曙光
再一次飛翔

03

下車的地方
緯度永晝
昶昶明亮沒有帶來
以為會有的心安

不見暗夜的車站
誰的背影特別漫長
在我心中張狂
喧鬧不受控制
奔跑地如此歡快

原來
我還是搭錯車班

04

人們如此期待：
下一站，幸福
我亦然
打票上車
滿心等待到站

一百零一次轉乘
無力記住所有經過的地方
孤寂
是每一次靠停的車站

05

車行很慢
窗外大雨磅礴
過站不下
打在心上就只是輕輕

06

日暮上車的乘客
帶著小小聲響落坐身旁
打破沉默

主動以問候
拉回我
等候窗外月光
寂寥的眼

是一位大姐
目光溫和語態慈悲
訴說傷心往昔
叨念之間夾帶叮嚀
——妳要相信
命運不會始終虧待
世間不會盡是刁難

可是因為我長著愁苦的臉？
才讓她關懷不休？
或者是大姐欠缺聽眾
而我剛好坐在旁邊？

07

旅途幾番輾轉
超重行李箱悶在腿旁
又一次的時光車站

這裡只販售單程票
車行有去無回
抵達時
已主動預約離去車班

向晚的出發
催促廣播在車站回響
思索幾番
將行李箱留在月台

08

買的是全程票
但誰說？
一定要坐到最後一站？

年輕的心
曾經豪情盤算
如果風景夠好
如果陽光夠好
如果心情夠好
便要拉鈴下車
隨處都可以是終站

可惜自己不夠勇敢
沒有遵從心動呼喚
沿途幾番猶豫按捺

終是錯過
滿園花開
日光暖暖

終站下車
迎面一片荒涼

09

這個車班已經行過
明媚山崖壯闊海角
青春最美麗的風光

我期待的寧靜花園
如果不是你所冀望
退出要趁早
你跟我都不要勉強

可以自己作主
決定下車的地方

一個人上路
也能找到自己的天堂

10

月色稀微
天光未破
到了最適合
離別的時刻

把破曉東方留給你

我搭的車
將往西而去

絕對不回頭
陽光太烈
刺痛的眼睛會流淚

追逐自己的影
加足馬力往前奔馳
直到將影子拋閃身後
就能看見彩霞等候

我可以和靜默星月
相守到老

11

我離開你

啟程之際
安慰自己
因為路況太顛簸
眼淚才不經碰撞
慌張失措掉了一地

咬緊唇
忍住不回首
算著差距
啊，離開已經五百里
風哂笑
捎來千里之外
你的蹤跡

原來
你我之間
從來不是我以為的距離

自以為永恆的愛戀
感動的從來只有自己

12

又搭上這個車班
再一次來到你的城市
離開明明已經年
街角記憶還清晰如鏡
烙在靈魂的印跡
拭不去

即使身邊沒有你
來到城市的路程
感受依舊滾燙熟悉
是青春雙向奔赴
沸騰的熾熱愛情

13

車行緩慢上山
看見綠葉乘風恣意舞蹈
不自覺抬手
想按捺飛揚的髮
又忘記
多年以前已剪去
那一頭長長牽掛

當那個年輕的男孩
又來到昨夜夢裡
我還是會搭車
上山尋尋覓覓

14

車子開的飛快
卻怎樣也甩不開
如影的悲傷

明明窗外
日光洋洋
月牙微笑
星星眨眼
路燈輝煌

影子邪惡肆意張揚
日夜無所不在

就這樣吧！
我明白

痛並快樂著
便是愛的代價
一如光明與陰影
總要挨擠著
才能彰顯彼此的存在

15

一路搖搖晃晃
車程已過一半
開往未來的車上
糊里糊塗
不知自己身在何方？
過客上上下下
驀然知曉
起點在哪已無關緊要

終點雖是不知名遠方
選擇轉折點
能讓抵達
出現一百種以上的方法

16

有人以為
是貪戀風景
我總臨窗而坐

其實是想
搜尋春雷驚蟄萬物的證據
找到躁夏行道樹的風動痕跡
蒐集金秋裡豔紅斑斕色系
體感冬陽純粹暖意

選擇臨窗
因為需要四季提醒
無常世間生動又美麗

17

獨來獨往
下車的山腰
一如往昔安靜
陽光依舊斑斕
只剩枝頭青鳥喚我親親

還有一半路途
尚未抵達山頂
山嵐在眼底生起
作陪等待
下一班車來臨

18

上車刷卡
司機問去哪？
今天是沒有目的地的出發
如果抵達快樂
請叫我

19

櫻花樹下漫步
兀自無聊的思緒
來到誰的城市？
走著誰的道路？

春天嫌我無趣古板
年年櫻落燦爛
何須記取誰的腳步？

即使上錯車班
為自己停駐
浪漫一下又何妨？

20

少年十五二十時
雙人座是優先選項
躁動的心想預留機會
給不期而遇的曖昧

翹首期待能看見
下一站上車的他

排在站牌第一位
剪票後朝我走來
而我身旁依舊是空位

21

並不是我偏愛這個車班
沒有人不愛去往秘密花園
尤其是植滿玫瑰
誰在美妙香氣中不沉醉？

22

想在打盹的時候
有個肩頭能倚靠
希望哭泣的時候

能投入安心懷抱
所以買了兩張票

出發時刻已到
Mr. Right 還沒來
遺憾啟程但帶著期待

這條路線那麼長
相信那個人終會在一站
帶著玫瑰上車
坐到身旁

我可以
慢慢等待

23

若是搭最後一班公車
媽媽會在站牌下等我
月牙在她圓臉升起
兩彎下弦一彎上弦
光輝呼應天上的月

在我青少年時候
媽媽總帶著月光
等我下車

24

誰還會在站牌下等我？

月亮？
輕風？
還是螢火蟲？

多希望是媽媽笑著等候
帶著月亮和輕風
周身飛舞著螢火蟲

25

年輕的時候
想去一個連記憶都沒有的地方
以為那裡不存在傷痛
看著媽媽坐上失憶列車
抵達沒有記憶的國度
才知道那裡也不存在快樂

媽媽啊，我該搭去哪裡
才能讓妳找到我？

26

用最美的心情出發
即使車程遙遠
前方等候的人是您
女兒就不怕坎坷

以文字記錄
所有路途經過
在想念的時候
為天堂的妳朗讀

聽！相思樹
花開簇簇的響動
一路詩音漫天燦爛

27

這一班車
從起點搭到終點
從市中心到郊區山巔
身旁座位幾番易主
我不識得誰

短暫交會
來去都是過客
無需攀緣
窗外風景更美

28

日復一日
同樣的路線車班
速限四十公里
跟隨車行調柔身心
不躁不緩放拋妄想
有時候會以為
四方車廂彷彿莊嚴道場

一方方蒲團
上坐若參禪
無須盤腿
只要靜心
可以默照
可以參話頭

站位亦無妨
挺直腰桿放鬆肩膀
眼睛不看不緊張
隨息數息都好
打個立禪

29

長長海岸線
久久的迂迴
任憑如何踮腳
也看不到盡頭

腿很瘦
下一班火車到站
決定啟程離開
去看看藍海盡頭

是不是就有青青草原

30

濱海單車道順風前進
我騎一半風騎一半
風沒跟我計較
猜想它比我更想抵達遠方

31

濱海單車道逆風前進
風騎一半我騎一半
我沒跟風計較
畢竟風也有它想去的地方

五百里

買好票
提起行李
做出即將離開的樣子
我的一本正經
還是沒能引起
你的注意

車已鳴笛
你的錯過
是刻意？或無意？
將啟程……

罷了！
就讓時間來說明
這次我離開你
終是一段長長距離

來到一百里
不知鳴笛曾否
穿越時空抵達你耳際？

兩百里
你可還在原地？
或已背道馳去？

三百里……
四百里……
到處都有同樣的

星星月亮太陽
窗外都是捉摸不住
飛也似的
年華風景

你　我
相距也許已千里

我在的五百里
濃樹抓住仲夏薰風搖曳
凌霄百靈歌唱雲頂
沒有玫瑰盛放滿園
山林盡是相思花開
耀眼遍野金黃詩章

你的五百里呢？

讀詩人181　PG3189

遇見　行過
──半半人生有情詩

作　　者	游淑惠
責任編輯	吳霽恆
圖文排版	陳彥妏
封面設計	嚴若綾

出版策劃	釀出版
製作發行	秀威資訊科技股份有限公司 114 台北市內湖區瑞光路76巷65號1樓 電話：+886-2-2796-3638　傳真：+886-2-2796-1377 服務信箱：service@showwe.com.tw http://www.showwe.com.tw
郵政劃撥	19563868　戶名：秀威資訊科技股份有限公司
展售門市	國家書店【松江門市】 104 台北市中山區松江路209號1樓 電話：+886-2-2518-0207　傳真：+886-2-2518-0778
網路訂購	秀威網路書店：https://store.showwe.tw 國家網路書店：https://www.govbooks.com.tw
法律顧問	毛國樑　律師
經　　銷	聯合發行股份有限公司 231新北市新店區寶橋路235巷6弄6號4F 電話：+886-2-2917-8022　傳真：+886-2-2915-6275

出版日期	2025年9月　BOD一版
定　　價	300元

讀者回函卡

Printed in Taiwan

國家圖書館出版品預行編目

遇見 行過：半半人生有情詩/游淑惠著. --
一版. -- 臺北市：釀出版, 2025.09
面；　公分. -- (讀詩人；181)
BOD版
ISBN 978-626-412-115-6(平裝)

863.51　　114009574